KB013996

우리가 오르는 언덕

우리가 오르는 언덕

어맨다 고먼

정은귀 옮김

은행나무

서문
오프라 윈프리

그다지 자주 오지는 않아요, 엄청난 고통과 괴로움이 희망에 자리를 내주는 이 눈부신 순간들. 아마 기쁨에도.

우리들 영혼을 괴롭히고 우리의 믿음을 뒤흔든 깊은 고통 — 말하기 너무 어렵고 견디기는 더 어렵죠 — 이 선명하고 순수한 어떤 것으로 변모되었어요.

그곳에선 지혜가 우리 핏줄과 심장 고동과 맞춤인 어조로 흐르고 있고 그곳에선 은총과 평화가 인간의 형상으로 우리가 어디에 있었는지 가늠하네요, 우리가 어디로 나아가야 하는지 보고 자신의 말로 그 길을 밝히네요.

우리가 기다려왔던 바로 그 사람이었죠. "깡마른 흑인 소녀, 노예의 후손", 우리의 진정한 자아, 인간의 유산, 우리의 마음을 우리에게 보여준 이.

지켜보던 모든 이가 희망으로 가득 차서 떠났어요. 스물두 살, 대통령 취임식에서 시를 읽은 우리 나라 가장 어린 시인의 눈을 통해, 그의 정수를 통해 우리 존재의 최상, 그 최상의 가능성을 봤다는 것에 감탄하며 다들 떠났죠.

그녀의 말이 우리를 휩쓸면서, 그 말이 우리 상처를 치유했고 우리 영혼을 부활시켰어요. 한 나라가, "멍들었으나 온전한" 그 나라가 꿇고 있던 무릎 펴고 일어섰죠.

그리고 마침내 기적이 일어났어요. 태양이 "끝 모를 어둠"을 뚫는 것을 우린 느꼈어요.

그것이 시의 힘이지요. 그것이 바로 2021년 1월 20일, 조지프 R. 바이든 대통령의 취임식에서 우리가 다 함께 목격한 힘이지요.

어맨다 고먼이 자신의 가장 충만하고 빛나는 자아를 심오하게 보여주던 그때, 마이크 앞에서 '우리가 오르는 언덕'이라는 바로 그 선물을 우리에게 주던 그 순간에요.

Read by the poet
at the inauguration of
President Joe Biden
January 20, 2021

2021년 1월 20일
조 바이든 대통령
취임식에서
시인이 읽다

THE HILL WE CLIMB

우리가 오르는 언덕

Mr. President and Dr. Biden,

Madam Vice President and Mr. Emhoff,

Americans, and the World:

바이든 대통령과 바이든 박사 부부,
해리스 부통령과 엠호프 씨 부부,
미국인들과 전 세계에게

When day comes, we ask ourselves:
Where can we find light
In this never-ending shade?
The loss we carry, a sea we must wade.

하루가 다가오면, 우리는 우리에게 묻네:
이 끝 모를 어둠 속에서, 우리
어디에서 빛을 찾을 수 있을까?
상실을 껴안고 우리, 바다를 헤쳐가야만 하네.

We've braved the belly of the beast.
We've learned that quiet isn't always peace,
And the norms and notions of what "just is"
                    Isn't always justice.

우리는 용감히 맞섰지, 야수의 배에.
우리는 알게 되었지, 고요가 늘 평화는 아니란 것을,
그리고 공정한 것이 항상 "정의가 되는" 것은 아닌
규범과 견해들을.

And yet the dawn is ours before we knew it.
                              Somehow, we do it.
Somehow, we've weathered and witnessed
A nation that isn't broken, but simply
   unfinished.

하지만 새벽은 우리도 모르게 이미 우리의 것이다.

어떻게든, 우리가 새벽을 연 것이다.

어떻게든, 우리는 견뎌왔고 또 지켜봐왔으니

깨지지 않는 나라를, 다만 미완인 하나의

　나라를.

We, the successors of a country and a time
Where a skinny Black girl,
Descended from slaves and raised by a
    single mother,
Can dream of becoming president,
Only to find herself reciting for one.

우리는, 한 나라, 한 시절을 잇는 사람들
여기선 깡마른 흑인 소녀,
노예의 후손으로 홀어머니가 키운 그
   소녀가
대통령이 되는 꿈을 꿀 수 있다지,
대통령에게 시를 낭독하는 자신을 문득 보네.

And yes, we are far from polished,
  far from pristine.
But this doesn't mean we're striving to
  form a union that is perfect.
We are striving to forge our union with
  purpose,

그래, 우리는 세련되지 않고 깨끗하지도 않아,
　한참 멀었어.
그렇다 해서 우리가 완벽한 공동체를 만들려 애쓴다는
　말은 아니고.
우리는 목표가 있는 공동체를 벼리는 일에 애쓰고
　있는 중이지,

To compose a country committed
To all cultures, colors, characters,
And conditions of man.
And so we lift our gazes not
To what stands between us,
But what stands before us.
We close the divide,
Because we know to put
Our future first, we must first
Put our differences aside.

모든 문화와 피부색과 기질들,
그리고 인간 조건들에
헌신하는 나라를 만드는 것.
그래서 우리는 눈을 들어 본다네,
우리 사이에 가로놓인 것들이 아니라
우리 앞에 놓여 있는 것들을.
우리는 분열을 봉하지,
미래를 먼저 생각하려면
우선 우리의 다름은 옆으로
제쳐두어야 함을 알기에.

We lay down our arms
So that we can reach our arms out to one
    another.
We seek harm to none, and harmony for all.

서로에게 팔arms이 닿도록
우리는 무기arms를 내려놓고.
누구도 해치지 않으려 하고
모두 화해롭게 한다네.

Let the globe, if nothing else, say this is true:

That even as we grieved, we grew,

That even as we hurt, we hoped,

That even as we tired, we tried.

That we'll forever be tied together.

    Victorious,

Not because we will never again know

    defeat,

But because we will never again sow

    division.

다른 것 아닌 이 지구가 말하게 하자, 이 진실을:
비탄 속에서도 우리는 성장했음을,
상처 입으면서도 우리는 희망했음을,
지쳐 있었음에도 우리는 노력했음을.
영원히 함께 뭉치게 될 것임을,
　　승리할 것임을.
우리가 다시는 패배를 모를 것이라서가
　　아니라,
다시는 분열의 씨앗을 뿌리지 않을
　　것이기에.

Scripture tells us to envision that:
"Everyone shall sit under their own vine
    and fig tree,
And no one shall make them afraid."
If we're to live up to our own time, then
    victory
Won't lie in the blade, but in all the bridges
    we've made.
That is the promised glade,
The hill we climb, if only we dare it:
Because being American is more than a
    pride we inherit—
It's the past we step into, and how we
    repair it.

성경이 우리에게 이걸 그려보라고 하네:
"저마다 제 포도나무와 무화과나무 아래 앉아
　지내며
아무도 위협받지 않을 것이다."
우리가 우리 자신의 시간을 충실히 산다면,
　승리는
칼날 위에 아니라 우리가 만드는 그 모든 다리
　위에 있을 것.
바로 그것이 우리가 하고자 한다면
우리가 닦을 약속, 우리가 오르는 언덕이다.
미국인이 되는 것은 우리가 물려받은 자부심
　이상의 것,
그것은 우리가 발 디딘 과거, 그리고 우리가
　그걸 바로잡는 방식.

We've seen a force that would shatter our
  nation rather than share it,
Would destroy our country if it meant
  delaying democracy.
And this effort very nearly succeeded.
But while democracy can be periodically
  delayed,
It can never be permanently defeated.

우리 나라를 함께 가꾸기보다 산산이 부수려 하는
　세력을 우리는 보았지,
민주주의를 지연시키려 하는 것은 바로 우리 나라를
　파괴하려는 것임을.
또 그 시도는 거의 성공할 뻔했지.
하지만 민주주의는 주기적으로 지연될 수는
　있을지언정,
결코 영원히 패배하지는 않아.

In this truth, in this faith, we trust.

For while we have our eyes on the future,

History has its eyes on us.

이런 진실, 이런 신념을 우리는 믿어.
우리가 미래에 눈을 두는 동안에
역사가 우리에게 눈을 두고 있기에.

This is the era of just redemption.
We feared it at its inception.
We did not feel prepared to be the heirs
Of such a terrifying hour.
But within it we've found the power
To author a new chapter,
To offer hope and laughter to ourselves.

지금은 다만 구원의 시대.
처음엔 그게 두렵기도 했어.
이처럼 끔찍한 시간을
받아들일 준비가 안 되었다 느꼈기에.
하지만 그 안에서, 우리는 힘을 찾았지,
새 역사의 장을 직접 쓰고,
우리에게 희망과 웃음을 주게 될 힘을.

So while once we asked: How could we
  possibly prevail over catastrophe?
Now we assert: How could catastrophe
  possibly prevail over us?

한때 우리 물어본 적도 있어: 이 재앙을
　어떻게 하면 이겨낼 수 있을까?
이제 우리 힘차게 말하네: 이 재앙이
　우리를 굴복시키는 게 가능하기나 할까?

We will not march back to what was,
But move to what shall be:
A country that is bruised but whole,
Benevolent but bold,
Fierce and free.

어제의 우리로 돌아가지 않으려네,
대신 미래의 우리로 나아가려네:
멍들었으나 온전한 이 나라,
자비롭지만 대범하고
맹렬하고 자유로운.

We will not be turned around,
Or interrupted by intimidation,
Because we know our inaction and inertia
Will be the inheritance of the next
    generation.
Our blunders become their burdens.
But one thing is certain:
If we merge mercy with might, and might
    with right,
Then love becomes our legacy,
And change, our children's birthright.

우리는 되돌려지지 않으리,
위협에 가로막히지도 않으리.
우리의 타성과 무기력이
다음 세대의 유산이 되리란 걸
　알기에.
우리 실수가 다음 세대의 짐이 될 것이기에.
하지만 한 가지는 분명하니:
우리가 자비에 힘을 더하면, 힘에 정의를
　더하면,
사랑이 우리의 유산이 되리란 것을,
변화가 되고, 우리 아이들 탄생의 권리가 되리란 것을.

So let us leave behind a country better
   than the one we were left.
With every breath from our bronze-
   pounded chests,
We will raise this wounded world into
   a wondrous one.

그러니 우리, 우리가 물려받은 나라보다
　더 나은 나라를 물려주자.
청동처럼 뛰는 우리 가슴의 숨결
　하나하나로,
우리 이 상처 입은 세계를 경이로운 세계로
　일으킬 것이니.

We will rise from the gold-limned hills
of the West!
We will rise from the windswept
Northeast, where our forefathers first
realized revolution!
We will rise from the lake-rimmed cities
of the Midwestern states!
We will rise from the sunbaked South!

우리는 서쪽의 금빛 칠해진 언덕에서 일어설
  것이니!
우리는 바람 부는 북동부에서 일어설
  것이니, 우리 선조들이 처음 혁명을 실현한
  그곳!
우리는 중서부 주 호수로 테를 두른 도시들에서
  일어나리니!
우리는 햇볕 그을린 남부에서 일어나리니!

We will rebuild, reconcile, and recover,
In every known nook of our nation,
In every corner called our country,
Our people, diverse and dutiful.
We'll emerge, battered but beautiful

우리는 재건하고 화해하고 회복할 것이니,
우리 나라의 알려진 모든 구석에서,
우리 나라로 불리는 모든 구석에서,
다채롭고 듬직한 우리의 시민들.
우리는 나타나리니, 매맞아도 아름답게.

When day comes, we step out of the
   shade,
Aflame and unafraid.
The new dawn blooms as we free it,
For there is always light,
If only we're brave enough to see it,
If only we're brave enough to be it.

하루가 다가오면 우리는 어두움에서
　걸어 나와
두려움 없이 타오르리니.
우리가 해방시킨 새로운 새벽이 밝아오네,
항상 빛은 존재하기에,
우리가 그 빛을 바라볼 용기만 있다면,
우리가 그 빛이 될 용기만 있다면.

2021년 1월 20일, 어맨다 고먼은 미합중국 대통령 취임식에서 시를 낭독한 여섯 번째 시인이자 최연소 시인이 되었다. 제46대 미국 대통령 조 바이든 다음으로 무대에 오른 고먼은 전 미국을 사로잡고 전 세계 시청자들에게 희망을 안겨주었다. 고먼의 시 '우리가 오르는 언덕: 취임식 축시'는 이제 이 특별판으로 소중히 간직될 수 있다. 오프라 윈프리의 매혹적인 서문이 실린 이 기념 시집은 미국의 가능성을 약속하고 시의 힘을 확인시켜줄 것이다.

옮긴이 정은귀 鄭恩龜

한국외국어대학교 영미문학문화학과 교수. 시를 통과한 느낌과 사유를 나누기 위해 매일 쓰고 매일 걷는다. 때로 말이 사람을 살리기도 한다는 것과 시가 그 말의 뿌리가 될 수 있다는 것을 믿으며 믿음의 실천을 궁구하는 공부 길을 걷는 중이다. 시와 함께한 시간을 기록한 산문집 《바람이 부는 시간: 시와 함께》(2019)를 출간했다. 우리 시를 영어로 알리는 일과 영미시를 우리말로 옮겨 알리는 일에도 정성을 쏟아, 앤 섹스턴의 《밤엔 더 용감하지》(2020)를 한국어로 번역, 출간했고, 심보선 시인의 《슬픔이 없는 십오 초(Fifteen Seconds Without Sorrow)》(2016), 이성복 시인의 《아 입이 없는 것들(Ah, Mouthless Things)》(2017), 강은교의 《바리연가집(Bari's Love Song)》(2019), 한국 현대 시인 44명을 모은 《The Colors of Dawn: Twentieth-Century Korean Poetry》(2016)를 영어로 번역, 출간했다. 힘들고 고적한 삶의 길에 세계의 시가 더 많은 독자들에게 나침반이 되고 벗이 되고 힘이 되기를 늘 바란다.

어맨다 고먼 Amanda Gorman

미합중국 역대 최연소 대통령 취임식 축시 발표 시인. 환경, 인종 및 젠더 평등을 위한 운동가. 고먼의 행동주의와 시는 〈투데이 쇼〉, 〈PBS 키즈〉, 〈CBS 디스 모닝〉, 〈뉴욕타임스〉, 〈보그〉, 〈에센스〉, 〈O 매거진〉에 소개됐다. 하버드대학교를 우등으로 졸업한 후 현재 고향인 로스앤젤레스에 살고 있다. 미국 대통령 취임식 축시 '우리가 오르는 언덕(The Hill We Climb)'의 특별판이 2021년 3월에 출간되는 것을 시작으로, 첫 그림책 《변화는 노래하네(Change Sings)》와 첫 시집 《우리가 오르는 언덕(The Hill We Climb and Other Poems)》이 2021년 9월에 출간될 예정이다. 2017년, 전국 60여 곳 이상의 도시, 지역, 주의 청년 계관시인들을 후원하는 어번 워드에 의해 미국 최초의 청년 계관시인으로 선정됐다.

theamandagorman.com

우리가 오르는 언덕

1판 1쇄 발행 2021년 3월 30일

지은이 · 어맨다 고먼
옮긴이 · 정은귀
펴낸이 · 주연선

총괄이사 · 이진희
책임편집 · 심하은
표지 및 본문 디자인 · 박민수
마케팅 · 장병수 김진겸 이선행 강원모 정혜윤
관리 · 김두만 유효정 박초희

(주)은행나무

04035 서울특별시 마포구 양화로11길 54
전화 · 02)3143-0651~3 | 팩스 · 02)3143-0654
신고번호 · 제1997-000168호(1997. 12. 12)
www.ehbook.co.kr ehbook@ehbook.co.kr

잘못된 책은 바꿔드립니다.

ISBN 979-11-91071-47-4 (03840)